La carta de Papá Noel

© 2004, Editorial Corimbo por la edición en español
Ronda del General Mitre 95, 08022 Barcelona
e-mail: corimbo@corimbo.es
www.corimbo.es
Traducción al español: Rafael Ros
1ª edición noviembre 2004
© 1989, Yukiko Tanno por el texto
© 1989, Mako Taruishi por las ilustraciones
Título de la edición original: «Santa-san kara kita Tegami» (A letter from Santa)
Fukuinkan Shoten Publishers, Tokyo
Impreso en Francia por Aubin Imprimeur, Poitiers
·   ISBN: 84-8470-189-1

La carta de Papá Noel

Una historia de Yukiko Tanno ilustrada por Mako Taruishi

Corimbo

Un espeso manto de nieve cubre el bosque. Es la víspera de Navidad.
El Ratoncito Cartero, con su saco lleno de cartas, sale de Correos con paso rápido.
Empieza su jornada.

Con las prisas… «¡Ahhh!»,
resbala y cae de espaldas.
«¡Las cartas!»
Azorado, Ratoncito Cartero
recoge todo el correo.

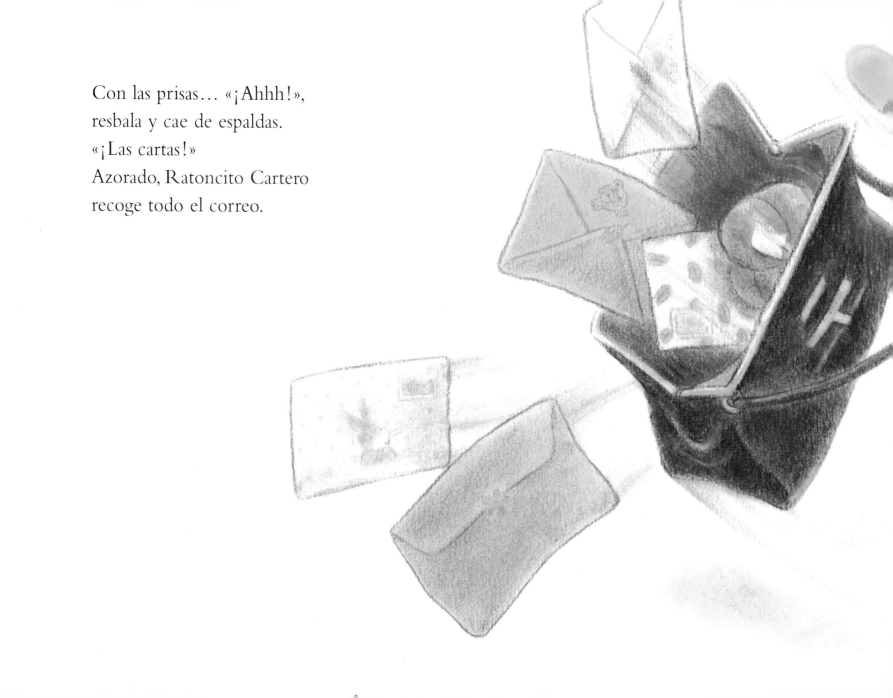

Al recuperar la última carta, ve que la nieve
ha borrado la dirección.
«¿Qué hacer? ¿A quién se la llevo?»
Ratoncito Cartero tiene un problema,
pero ha de continuar su tarea.
«Señora Conejo, soy el cartero.»
«Señora Lechuza… una carta urgente.»
Normalmente, Ratoncito Cartero
está siempre de buen humor.
Pero hoy, los animales del bosque
ven que Ratoncito Cartero está triste.
¿Algo no va bien, Ratoncito Cartero?
¿Qué te pasa?

Ratoncito Cartero termina su jornada.

En un rincón retirado del bosque, coge la carta

con la dirección borrada.

«¿Qué hacer…?»

El señor Zorro se acerca. «Hum… Ratoncito Cartero,

me inquieta usted.»

La señora Lechuza y la Ardilla también se acercan.

El Oso, la Señora Conejo, todos permanecen inquietos

alrededor de Ratoncito Cartero.

Sin decir palabra, Ratoncito Cartero les enseña la carta.

«Ah… ya entiendo. ¿Qué hacer?», dice el Oso.

«¿Quién la envía?», pregunta la señora Conejo.

«No lo he mirado», responde Ratoncito Cartero.

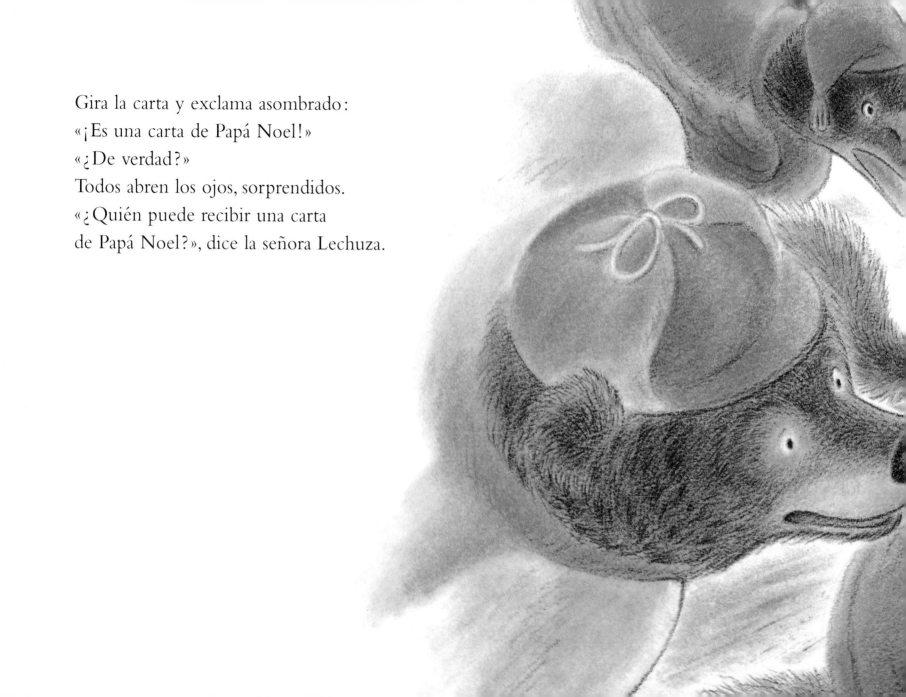

Gira la carta y exclama asombrado:
«¡Es una carta de Papá Noel!»
«¿De verdad?»
Todos abren los ojos, sorprendidos.
«¿Quién puede recibir una carta
de Papá Noel?», dice la señora Lechuza.

De nuevo, examinan atentamente la carta de dirección ilegible.

«Yo tengo el mismo
bolso negro.»

«Yo tengo un delantal azul,
seguramente será para mí.»

«Yo tengo un gorro y una bufanda.
Sin duda es para mí.»

«Parecen mis botas,
y yo también tengo una bufanda.»

«Mirad mi gorro,
también es azul.»

«Yo también
tengo una gorra
y una bufanda.
Pero hay
una diferencia.
Mirad esto:
   ¿Qué es?
¿Una caña?
¿El puño
de un paraguas?
O…»

«Ayyy… ¡mi cola… mi cola…!»
grita una voz.
El oso ha pisado la cola
de Ratoncito Cartero.
«Perdón… ¿Te he hecho mucho daño?»,
pregunta el Oso.
En ese instante, todos dicen al unísono:
«Lo hemos encontrado.
Es la cola de Ratoncito Cartero.»
Se ponen a comparar las manchas
de la carta con Ratoncito Cartero.

Una gorra y un uniforme azul, una bufanda
roja, botas negras y el saco también negro.
«No hay duda. La carta es para
Ratoncito Cartero», dice el Oso.
«¿Para mí? ¡Una carta de Papá Noel!»
dice Ratoncito Cartero intimidado.
«Ratoncito Cartero… Ratoncito Cartero…
abre rápido la carta…», dicen los animales
llenos de curiosidad.

Temblando, Ratoncito Cartero abre la carta y empieza a leer en voz alta.

Hola. Soy Papá Noel

Esta noche he de entregar los regalos

Ratoncito Cartero ¿Quieres guiarme por el bosque? Te lo ruego

Al anochecer

Ven al más grande del bosque.

pino

Papá Noel

«¡Fantástico! ¡Formidable! Ayudar a Papá Noel…» «¡Qué suerte!
Ratoncito Cartero, tendrás que subir a su trineo.» Todos le envidian.
«Gracias a vosotros, amigos. Gracias», dice Ratoncito Cartero agradecido.

«Rápido, rápido… Ratoncito Cartero. Se hace de noche»,
dice la Ardilla.

«El gran abeto está todavía lejos, llegaremos con retraso»,
se inquieta Ratoncito Cartero.

«Llegaremos, confiad en mí», dice el Oso abrigándose.

Coge a Ratoncito Cartero, lo pone en su bolsillo y sale
a toda velocidad.

El Zorro, la Ardilla y la señora Conejo les siguen corriendo.

La señora Lechuza y el Cuervo vuelan sobre ellos.

El bosque oscurece.

A toda velocidad suben por los senderos del bosque.

De repente, el cielo se ilumina.
Delante de ellos se yergue
el más grande pino del bosque,
decorado con miles de luces.
Papá Noel está de pie
junto al abeto.
«Gracias por venir,
Ratoncito Cartero.
Hay que salir lo antes posible.
Vosotros, ¿Os gustaría subir
en el trineo?»
Todos aceptan felices.

«Entonces, en ruta.»
Los animales imaginan el trineo
deslizándose por la nieve.
Para su sorpresa, se eleva al cielo.
«¡Oh… oh!»
«¡Vuela… vuela!»
«Zorro… ¡Veo tu guarida!»
«Es maravilloso, ¡Está nevando!»
En el trineo todo son exclamaciones
de felicidad y sorpresa.
Ratoncito Cartero guía a Papá Noel
con toda competencia.
Todos los paquetes serán entregados.
Cada uno tendrá su regalo
de Navidad.